KB266398

너는 왜 가끔 시가 되느냐

너는 왜 가끔 시가 되느냐

김영춘 시집

도톰한 입술 사이를 떠나온 말들이
밀려와
오늘밤 잠시 시가 되려고 한다

시인의 말

돌아보는 일이 많아졌다. 어딘가로부터 꽤 멀리 떠나
와서일 것이다. 시라고 하는 것에서는 맑은 날의 저녁
나절처럼 조촐한 빛이 새어나와야 할 것인데. 사람들
의 숨소리도 잘 품고 가야 할 것인데. 슬픔을 배경으로
하고 있을지라도 살아 있는 것들은 어떻게든 피어났으
면 좋겠는데. 이런 생각을 곁에 두고 쓴 몇 편의 시들을
묶는다.

2026년 봄
전주에서 김영춘

1부

몇 조각의 말

그대가

이 깊은 밤에

사는 일을 적어가고 있었으면

더 아픈 일 곁에 있었으면

오래 멀리 가고 있었으면

가는 길에

가끔씩

꽃도 들여다보고 있었으면

뒷고기

엉덩이 뒤편의 구석진 고기인 줄 알았다

앞산의 뒤에도 산이 있어서

끝내는 뒷산을 그리워하게 된다더니

모든 작업이 끝난 뒤의

숨어 있는 고기라는구나

사람들이 요즘 별나게 좋아한다는데

고기 노릇을 할까 말까 하다가

뒤처진 살코기

엉거주춤 나선 고기의 부스러기들

드디어 맛을 얻게 되었다는 것이지

뼈와 뼈 사이의 그늘을 헤집고

뒤처진 인생을 마주하는 듯한

구석진 고기 앞에서

뭉클해지는 내 발걸음 앞에서

되뇌어보는 이름만으로도

곧 허물없는 사이가 되고 말 것 같은

뒷고기라니

자잘한 상처를 나누느라

밤이 깊어질 것만 같은 뒷고기라니

노지 쏘주

이슬도 맞고 햇빛도 맞고 바람도 맞고 비도 맞았으나

온 세상 자유로웠다는 것이지

만약에 그것을 사람이 가까이하는 잎사귀라고 친다면

온실까지는 멀고 먼 이야기여서

줄기는 두껍고 구멍은 숭숭이고 모양은 얼룩덜룩이지만

단 한 가지

제 향기를 입안에 톡 쏘아대고 있었다는 것이지

오늘은 술집에서 건너편에 앉은 사내가

채소가 아닌 소주를 찾고 있다

이 집에 노지 쏘주 있습니까

지붕도 벽도 없었으나

홀로 남았을 노지 쏘주

냉장고에서 곱게 자란 소주를 마시고 있던 나는

갑작스런 노지 쏘주 앞에서 잠깐 주눅이 들었다가

이 세상 어디에

노지 쏘주 같은 인간도 있지 않을까 날개를 펴보다가

자리를 털고 일어설 수밖에 없었던 것인데

가진 것이라고는 제맛을 톡 쏘아대고 있을 뿐일

노지 인간!

노지 쏘주 비슷한 그런 인간이 아직도 남아 있다면

길들여지지 않은 그 밤은 더 그리운 날이었으려나

이름을 잊었네

새 한 마리 제 꼬리를 끌고

제 삶으로 날아갔다

이름이 가물거려서

우는 소리는 어땠나 생각하지만

울음소리만으로

누구인가를 알아챈 날이 언제였던가

멀지 않은 곳에 있을 너를

또 한 번 부르지 못하고

서 있다

흘러내리는 길

무슨 일이 있어서

아무도 모르게 그럴 수밖에 없었니

지나간 자리

짭짤한 맛이었구나

너른 바다의 밭에

쏟아지던 햇빛

졸아지던 소금 알갱이

몸안으로 들어와

다시 졸아들던 물기

세상을 바라보는 눈길을 따라

흘러내렸네

몇 방울도 남지 않은 눈물

씁쌀한 껍질

돋아나면서부터
솜털에 이슬을 적시더니
뿌리 끝으로 자꾸 새잎을 내밀더니
언덕은 어느 날 머위밭이 된다
오르는 길을 내다가
발길에 무너진 머윗대 몇 개를 가져와
껍질을 벗겼다
어느새 저도 나도
머위 냄새 안에 있는 셈인데
씁쌀한 맛을 지나
쓸쓸한 것이 쌓이고 쌓여
쓸쓸함마저 잊게 되었다
그늘 아래로 홀로 익어가던 시간
드디어 은근해진 머윗대를 벗기다가
끌어안는다
손가락 끝을 물들이려니 하였더니
어느새 가슴까지 스며왔어라

견디고 싶은 슬픔이로다

머윗대여

짤막한 시간으로도 넉넉히

한생을 지나쳤구나

목이 긴 흰 새

개울에 발을 담근 채

제 생각에 빠져 있는 새

꿀꺽 홀로 삼키는 입을

보여주고 싶지 않았겠지

긴 목을 들어올려

멀리 하늘을 본다.

흐르는 선율 위에

흰 털을 곱게 빗어 입었으니

언제든

아무 일도 없었다는 듯이

훌쩍 떠나갈 수는 있겠다만

빛깔이 생겨나는 시간이 오면

가을인가봐

글썽이고 있을지도 모를 일이지.

개울 밑을 들여다보느라

목이 길어지다가 휘어지고 만

흰 새

담담한 노래마냥

긴 다리를 뻗어 어딘가로 날아가네.

잠시라도

생계는 부여잡았으나

퍼덕이는 물고기를 잡는 일은 없었다는 듯이

훨훨

흉내

사는 일도 쓰는 일도

내 것이 아닌 때가 더 많다.

나는 지금

어린 모가 자라나는 논바닥에

홀홀단신 서 있는,

목이 긴 흰 새를 바라보고 있다.

배가 고파 울며 밥을 구한 적도 없이.

나는 지금

여름을 건너고 있는

능소화를 눈여기고 있는데,

함께 살아가는 계절과

불편치 않게 어우러진 적도 없이

마음을 통하고 싶어한다.

흉내라도 제대로 내면서

시간을 데리고 와야 하는 것인데,

에이 참!

살아갈수록 그것 참!

밥 냄새

물밑에 안쳐놓은 밥이 끓어오른다

물이 밥을 끌어안은 것을

밥을 안친 것이라고 할 수 있나 생각하는 동안

밥이 익어서

깊숙이

온 집안에 밥 냄새 가득해서

이 세상 모든 향기가 소용없어라

저 홀로 피어나던 마음처럼

조용조용 살아오르는 밥 냄새

누구를 기다리는가

고스란히 퍼져나가는

오래된 저녁때로다

부질없는 생각은 모두 저버린 몸이 되어

밥을 곁에 두고 앉아본다

상추 씻는 바다

민박을 했다

술기운을 남긴 채 이른 아침을 내려오는데

주인집 아낙의 수돗간에

졸졸 물이 흐르는군

호스를 타고

흘러내린 나이를 간직한 바닷가 여자가

홀로 꼬물거리는 아침

뒤집기도 하고 또 뒤집기도 하고

상추를 씻고 있네

깊숙한 어젯밤에서 깨어나

첫눈에 들어온 사람살이가

맑은 물에 씻어내는 푸른 잎사귀라니

잠긴 상추 잎 몇 장이

이른 아침의 바다를 열고 있다니

파도가 스민 얼굴을 오래 바라보았네

말간 물그릇 앞에 앉아

씻는 일에 골똘하네

마당으로 바다가 올라와

가만가만 만지고 있는 것 같네

내 발자국 소리 듣지 못하네

가을바람

엄마가 아기를 밀고 간다

쉴새없이 어린것과 눈을 맞추며 중얼거린다

왜 그치지 않을까요?

왜 그치지 않을까요?

산책길을 오고가며

나는 말을 엿듣는 사람이 된다

얇은 홑것 한 장을 덮고 있는

저 맑은 얼굴

가을바람 때문이라오

나도 모르게 나오려던 말을 얼른 삼킨다

엄마가 그것을 왜 모르랴

쉬지 않고 중얼거리며 전해주고 싶은 속삭임은

가을바람.

그 아래로 아기는 누워 딸꾹질을 한다

왜 그치지 않을까요

왜 그치지 않을까요

가을바람에게 묻는다

저만큼으로

텃밭과 꽃밭이 나란히 이웃으로 지낸다든지
꽃들이 텃밭을 바짝 끌어안고서 휘어져 돌아간다든지

마당 안의 이런 모양은 얼마나 살가운 것이냐

가끔씩 기웃하여 꽃을 보기도 하고
그러다가 애를 쓰며 살아가기도 하는

딱히 잘 어울린다고 말할 수도 없는 처지에
저희들끼리 볕을 쬐고 있는
함께 찬바람을 머리에 이고 있기도 하는

잠이 덜 깬 어린것이
어젯밤 참았던 오줌을 쉬이이 하고는
서둘러 방으로 들어가버리기도 하는

뜨겁다거나 가볍다거나

여름날 아침

어제 익힌 감자알을 먹는다

무슨 맛이냐고 물어도

통 말이 없는 요놈이다

대충의 아침이어서 식은 감자를 먹고 있으나

내 머릿속에는

껍질이 쩍쩍 갈라진

막 쪄낸 감자가 자리잡고 있다

견딜 수 없어서

먼저 속마음을 드러내놓고 마는

뜨거운 감자다

밥 냄새를 달콤하게 뒤집어쓰고 있는

밥알을 여기저기에 묻히고 있는

밥솥 안의 그런 감자

부족한 밥의 양을 보태노라던

어려운 시절의 감자를 두고

나는 오륙십 년을 쉽게 오가고 있다

가난하게 뜨거웠으나

이제는 가벼운 한끼가 되는

그 세월에 손대고 있다

이른 아침을 따라 식어 있는

하지 부근의 감자

발등 위의 주름

새들이 날아와

봄의 나뭇가지에서 지저귀다 갔는데

한두 번 일이 아니었다는군

명랑한 나뭇잎들

곱게 물들어버린 일이 있었다는데

그 또한 한두 번 일이 아니었다는군

사소한 가엾음이 흘러갔으니

그냥 스쳐가도 좋으련만

발등 위로 내려와

은둔을 고집하고 계시네

모래밭을 건너간 바람일지라도

실낱같은 흔적은 어찌할 수 없다는 것이지

자꾸만

한두 번 일이 아니었노라고

말끝을 흐리면서

그럴듯한 무늬를 세상에 남겨놓으시네

행간 行間

겨울이 봄으로 나아가려고 할 때

추적추적 비가 내리던 것처럼

넘기는 갈피마다

무엇인가 글썽이기를 바랐다

있는 듯 없는 듯

햇빛이나 바람 같은 것들이

따뜻하거나 서늘하게 살고 있기를 바랐다

나의 말과 말이 겨우 이어져

살아나려고 할 때

영영

분명할 수 없는 그 무엇인가가

떠난 어머니나 봄날 아지랑이처럼

아른거리기를 바랐다

그 사이로

지나가는 사람들이 머뭇머뭇
서성이게 되기를
오래 바랐다

달랏[*]

밥 먹고 난 뒤에는 꽃이었나

농사짓는 일 다음으로는 꽃밭이었나

전쟁 끝나자 말자 다시 꽃이었나

꽃 없이는 사는 일이 아무것도 아니었나

덜 풍족한 여기저기로

자꾸만 환히 피어나는 꽃

* 베트남의 작은 도시

2부

파문

누가 물결을 울린 것인가

밀어낸 것인가

머뭇머뭇 퍼져나간다

깊고 그윽한 곳까지 간다

무엇이 다가와서 네 마음을 만진 것인가

밀어 보낸 것인가

울먹이듯 떨리며 퍼져나간다

누구에겐가로 가서

사람의 무엇인가가 된다

실버들 아래로

저 가벼운

무게로

살랑살랑 하늘거리는 봄을 보노라면

사는 일의 신비는

공중에 매달려 있어야만 하는 것 같다

바람 없이는

봄바람 없이는

아무것도 아니었던 것처럼

그녀의 긴 머리카락도 저렇게 나부꼈었지

실버들 늘어진

우리들의 봄빛 아래 사랑은

미끄러지는 허공으로

오래오래 매달려 있고 싶어했다

별스런 이유도 없이

자꾸만

까르르 굴러가는 마음이 솟아났던 것이지

전 생애

바닷가 끄트머리 마을

공소 미사에 앉은 저 노인

손바닥만 한 가방을 어깨에 걸었네

굽은 손가락 끝에서 기도가 피어오르고

찬송가 옆으로

돋보기와 볼펜 한 자루가

몸을 바짝 끌어당겨 붙었네

모든 것이 들어 있었으므로

자크를 닫지 못하는

불룩한 가방

손녀의 사진이 들어 있을지도 모르지

전 생애가 손바닥만 하게 걸려

전 생애로 집에 돌아가시네

이 땅에서

오늘 치의 기도는 이미 하늘에 닿았다네

홀로 있는 시

창밖으로 비가 내린다

빗방울 내려앉는

나뭇잎

쉬지 않고 떨리고 있다

저만큼에 놓여 있던

벗의 시 몇 줄

참 좋다

처음 읽을 때 이미 좋았는데

다시 읽어야만 다시 좋은가

영혼을 흔든 순간마저도

결국 희미해지는 인간의 일을 데리고

떨리는 나뭇잎 위에 시를 놓는다

텅 비어 있는 세상 밖으로

시 몇 줄

빛나다가 홀로 아득해져라

눈물에게

살아가는 내내
자꾸만 무엇인가가 다가와
가져가버리고 만다

하늘 아래 흐르는 봄기운이야
아직 남은 꽃봉오리 속에 감춰둔다 치고

달아오른 젊은 날이야
오래된 화로에
꾹꾹 눌러놓는다 쳐도

자꾸만 솟아나는 네 슬픔은
어디에 놓고 들여다본다냐

그 눈물 어디로 흘러가라고
놓아주고 간다냐

위도* 화투

바람은 불고

바다는 일렁이고

세상의 지붕들 죄다 흔들렸으려나

밖으로 나올 수 없는 섬 학교 선생들

하루고 이틀이고

화투를 펼쳐 보았다는군

나중에는 그야말로 빠져들어서

방을 뎁히는 연탄 값보다

때를 놓쳐 피워대는 번개탄 값이 더 들었다는

우스갯소리도 있었는데

화투짝 사이사이로 눈길도 오고 갔으리

옷깃이 스치고 말았으려나

처녀 총각 선생들

평생을 함께 살고 있다는 소식도 전해오더라

이 모든 것은 바다 때문이었는지

바람 때문이었는지는 알 수 없는 일

그때의 선생들 임기를 마치고 돌아와

육지 선생들과 한 판씩 어울릴 때

역시 위도 화투다!

탄식이 쏟아져나온다

섬 화투가 판을 주름잡는 날은

늘 방안이 후끈하였다

화툿장 사이로

물결이 일렁이고

번개탄의 덜 익은 연기가 피어올랐으니

바람은 불고

바다는 흔들리고

육지로 건너온 뒤에도 끗발 날리던

위도의 화투 몇 장은

오래오래

조화를 부리고 싶어한다는 소식이더라

아, 바다 한가운데서 솟아오른

갈 곳 없는 이놈의 외로움

---

* 칠산 앞바다에 떠 있는 큰 섬

이름

종일 바람 부는 날

나뭇잎 저마다 흔들리고

그래도

모두들 이름 하나씩 달고 산다

이것저것 떠올리다보니

세상에는 이런 담배 이름도 있었다

금잔디!

소월 형님이라고 불러볼거나

오늘은 심심산천의 금잔디가

인간의 한숨을 데리고 나에게 날아왔다

이마를 비추던 담뱃불이 아니었다면

맺힌 숨소리

고놈이 어디를 향했으리오

금잔디가 아니었다면

어느 산골짝으로 날아갔으리오

종일 바람이 불어와서

그 옛날 담뱃갑 위로 몸을 누이는

그 오랜 금잔디

모든 것

어릴 적 우리 선생님 결혼식

교실 두 칸을

열었다 닫았다 텄지

젊은 날의 모든 것으로 혼인하느라

제일 넓게 텄지

도회지에서 버스를 타고 내려온

새색시

차멀미는 괜찮았는지

굴풋해지던 점심나절에서야

식은 오르고

계집아이 사내아이

마을에 핀 꽃을 모아들고 걸어들어갔지

제일 근사한 옷 빨아 입고

멈칫 멈칫

두근두근 드렸지

백년가약의 손길도 교실이었던

선생님의 결혼식

남은 형상을 부여잡은 채

어디서 다른 어린것들과 흘러갔을까

모든 것은 어느 별에서 빛나고 있으려나

철썩 철썩

바닷가 동호국민학교

물결을 머얼리 어루만진다

옛스러운 그리움

찐 조기 세 마리가 안주로 나왔다

닷새 전의 생선이란다

상에 올렸던 것이라는데

그날 밤의 제 어머니 이야기를

친구는 또 한 접시 올린다

제사가 여러 날 이어지는

어스름의 시간이었다

이명

서로 다른 무엇이

같은 것처럼 이어진다

빠른 속도를 지탱하면서

틈을 주지 않는다

날마다 곁에 살면서도

낯선 모습으로

풀벌레의 소리가 길다

그래도 잠은 재우는 걸 보면

가까운 이웃이거나 오랜 벗인 건 틀림이 없다

오래된 슬픔이건만 늘 어색하여서

귓속으로 몸을 숨기고서는

하루종일 울어대는 재주를 부리고 있다

꼬박꼬박

이제는

밖에 나가 자빠져 자느라

못 들어오는 날이 없다

세상의 무엇이 나를 용서하고 놓아주었는지

터벅터벅 돌아온 두 발을

물끄러미 내려다볼 때도 있지만

이제는 되는대로

아무데서나 자빠져 자지 않는다

꼬박꼬박 들어와

눕는다

잠꼬대도 한다

이것은 무엇이느뇨

모든 새로운 것들은

머리맡에서 쌓이다가 잊혀져가고

여기 오래된 나만이 남아

그 어떤 새로움도 없이

홀로 새로워지고 있누나

마늘밭 사진

그나마 조금 젊은
아봉*의 기운이 없어지니
우리들 단톡방도 맥이 떨어지고

상준이형, 잘 지내시요?

마늘 심고
아내와 다투고
호남가 연습하고
아내와 순천만 국화 보러 가고
산채에 심을 국화 사고
자식들 걱정하고
오늘은 이빨 치료해야 하고
지금은 썼던 소설 손보고……

* 광주의 이봉환 시인

일찍 일어났으니 정신이야 맑지만

손본다던 상준이형 소설은 손이 닿질 않으니

보내온 마늘밭 사진만

한 바퀴 둘러보다가

뒷짐 진 것처럼 하고 몇 마디 중얼거려본다

다래나무를 본다

서로 이야기가 된 건지

몸을 빌려준 자는 말이 없는데

몸을 빌린 자가 홀로

몸안 가득 물을 끌어올린다

이 나무에서 저 나무로

횡단이동을 하며 제 품을 넓혀가기도 한다

지난날 흙이 꾸던 꿈을

하얗게 피운다

열매를 숭얼숭얼 빈자리에 맺는다

타고 오른 나무의 살갗이 패여가는 모습을 볼 때마다

밑둥을 잘라버리고 싶은

내 마음과는 아무 관계도 없다는 듯이

오로지 타고 오른다

제 생을 돌고 돌아

물을 실어나른다

사는 일과는 아무 관계도 없을 것 같은

깊은 산자락을 배경으로

사는 일하고 비슷한

새콤달콤한 다래를 숭얼숭얼 맺는다

서로 마음을 내준 건지

그렇지 않은 건지

잘라버리기에는 너무 거룩하기도 한

지금 이 모양을 바라보고 있다

숫미역

바위에 매달려 살아온 미역을 놓고

암컷과 수컷을 나누는 일이 우습기는 하다

너울거리는 파도 속에서

수컷으로서 한 일이 무엇이었는지는 잘 모르겠다만

붙여야 할 살만 겨우 붙인 채

몸을 세워

바다 밖으로 끌려나오는 저 숫미역에게

잠시 마음을 주어볼꺼나

암미역처럼 머릿결이 풍성한 여인에게

영혼을 내어준 적이 있으니

설령 나의 슬픔이

바다 속 풀잎을 끓이는 냄비 앞을 서성인다 할지라도

뻣뻣한 만큼 더 오래 끓여야 할

불 위의 시간을 향해

마지막 순간까지 고집을 부리며 뻗대고 있는

저 수컷의 물속 삶을 들여다보고 싶은 것이다

3부

전라도 말

뭐 먹을라고 그러요

우리집은 안 맛있는 것은 읇소

전라도 쪽 밥집에서 밥을 구하는데,

이런 말투로도 장사를 해오다니

평생

문전성시를 이루다니

손길

여그서 태어나 여그서 크고

나물을 다듬으며
산골 아낙네가 이렇게 말할 때
자신의 고향 이야기를 늘어놓는 줄 알았다

그 말을 듣고 나서야
나물을 쓰다듬고 어루만지는 손길이
겨우 눈에 들어왔다

같은 곳에 태어나서 같이 자랐으니
쓰다듬지 않고는 달리 무슨 방도가 있었으리

바다에는 이르지 못하고

그 앞을 걷는다

우리는 이렇게 살아왔구나

좁은 길을 막아서서

부딪히면서

기다리면서

극성스럽게 그리고 가난하게

가까스로 스쳐가야만 하나

바닷고기 여러 마리가

몸을 펴서 말라가는 포구

사는 일은 먹는 일과 가깝다는 것을

짭조롬하게 간이 들어가는 것이라는 것을

바다에는 이르지 못하고

비닐봉지에 마른 생선을 담아들고서야

느닷없이 알아채는 것인가

그 멀고 긴 대부분을 모른 채

오랫동안 살아가는 것인가

글씨에 젖다

녹두장군 생가에 들러

새야새야 파랑새야

노래비 앞에 섰다

젖은 글씨를 품에 안은 적이 있었던가

행운처럼 비가 내려서

젖은 것은 젖은 대로

쇠귀 선생 글씨의 진경을 보고 말았다

덜 젖은 것은 덜 젖은 대로

한 획 한 획이 흘러갔다

비에 젖어갈수록 뚜렷해지는

그이와 저이의 어우러지는 생이여

빗물로 아로새긴

앞선 이와 뒤선 이가 겨우 업고 온

뭐라 말할 수조차 없는 시대여

젖어 흘러내리는 노랫말이여

한반도

전쟁을 곁에 두고 전쟁을 잊고 산다

전쟁은 잊었으면서 전쟁으로 먹고산다

전쟁으로 젊은 날을 살지 않을 수 없었던

선배 시인의 시를

겨우 읽고 있다

돌아오는 길

내란을 내놓고 싸고도는 저것들을 보면서

그것이 남은 인생에 더 이익이 된다 생각하는

저 늙은 짐승들의 눈빛을 보면서

내가 이렇게 짐승처럼 길길이 뛰는 것보다

말없이 이 땅을 떠나버리는 게 낫지 않을까

해묵은 생각을 또 하던 중에

돌아오는 짐승들을 보네

절룩이는 강아지와 눈이 짓무른 고라니를 보네

산불을 피해 불더미를 헤매다가

십여 일 만에 돌아오는 짐승들

불속에서 아무것도 먹지 못했으리

발바닥은 다 익어갔으리

그리고 돌아왔으리

오래된 수건

그때가 언제였느냐

쉰 살 이전의 학교인데

행정실 박 주사님의 퇴임이 화장실에 걸려 있다

이제 떠나가지만

남은 분들의 건강을 빌고 싶다는

들뜬 듯 서러운 듯 구분하기 어려운 음성이

흘러간 수건 한 장에

새겨져 있다

물건과 사람을 나누는 일은 부질없어라

일기책도 아니건만

왜 거기에 날짜까지 적어놓고서는……

돌아보는 일은

애잔한 꽃잎을 바라보는 눈빛을 닮아 있기도 해서

지난한 한 사람의 노동이 얼룩져 있기도 해서

자꾸만 멈칫거리다가

손을 적신 물자국을 낡은 수건에 닦는다

유종화*

그 친구 노래 곁으로 마음이 흘러가서

정읍 거기 그리로 갔네

기타를 괴고 있는 무릎에 내 손을 얹었네.

부르는 노래 감꽃이 떨어질 때마다

눈꺼풀이 떨리고

마른 무릎도 깊은 곳에서 함께 울렸네

마음을 지나 몸이 아플 때까지

소망은 멀고 인생은 가까워지는가

이제 칠십여 년이 흘러가는가

낮은 음에 깔린

전라도 가객의 목소리에 손을 얹은 채

들었네

종화만큼 오래된 아파트 옆층 아래층 노인들

귀가 죄다 어두워져서

---

* 90년대에 목포를 중심으로 시노래운동을 펼쳐왔던 시인.
김준태 시인의 시 「감꽃」을 노래로 만들어 부르기도 했다.
아버지의 고향 정읍에서 살고 있다.

아무 걱정 없이

밤늦도록 감꽃을 들었네

타는 소리

풀을 뜯으러 나갔던 소가 어스름에 돌아왔다

커다란 물동이의 물을 두어 번 만에 뽑아 마신다

쭈우욱 쭈우욱 쭉

목이 타는 숨소리가 마당을 울렸다

그 곁에 어린 시절이 서 있다

아, 그 하루종일 내내의 목마름을 타고

훅 끼얹어오던 후끈한 소의 몸 냄새.

나를 지나갔다

한 다리로 서서

갈매기 몇 마리

겨울 바닷가의 물을 딛고

한 다리로 서 있다

둘 중 하나를 쉬게 하려는 건지

언 발가락을 제 가슴속에 비벼넣고서는

그냥 한 다리로

밀려오는 파도를 바라보고 있다

한마디도 없이

견딘다는 표정도 없이

한 다리를 번갈아가며

하루하루를 건너고 있는 사람들도

저런 하염없는 눈빛을 하고 있을까

널따란 바다 또한 한 세상일 것이니

밀려오며 밀려가며

가슴속을 비집고 파고들며

엄동을 비껴 서려나

여기저기 서 있는 한 다리들

무한송전 無限送電

지나간 날들은 왜 가끔 시가 되느냐

그날 밤 그냥 그 자리에서

어느 가수의 노래가 흘러나왔을 뿐인데

술잔과 술잔 사이에서

눈꼬리가 갸름해지고 말던 선배 선생

손바닥으로 탁자를 때리며

너희들 오늘밤 아름답구나

무한송전! 무한송전!

목청을 높인다

끝도 없이 술을 대겠다는 그 말

사실은 술과 관계없는 그 말

잊기 힘들다

무한송전은

험한 세상 그 시절*

막다른 골목의 불빛이었을까

도톰한 입술 사이를 떠나온 말들이

밀려와

오늘밤 잠시 시가 되려고 한다

---

* 1980년대 초입, 군인들의 시절이었다.

생강 석 점

고산천을 끼고 봉동*을 지나

산자락을 타고 내린 물길을 따라 걷다가

어릴 적 감기 약방문이 떠올랐다.

백작약 황기 당귀 천궁……

모르는 약재가 줄줄이 이어지는데

아는 이름 하나 있었다.

집집마다 부엌 나뭇간에 묻어두고 쓰던

생강.

알 수 없는 약재 옆으로는

한 돈이니 두 돈이니

가늠하기 어려운 숫자가 써 있었지만

오직 생강에게만 허락한

누구나 알 수 있는 무게는

석 점!

형편껏 구해서 적당히 써보라는 세 조각.

---

* 생강농사로 살아온 완주군 봉동을 일컫는다.

쪼들리는 듯했지만 너그러웠지

어떤 기준의 순서인지는 알 수 없지만

감기 약방문의 맨 마지막 약재는

언제나

석 점의 생강!

고산천의 물길을 따라 봉동을 지나노라니

끓여낸 탕약을 뱃속으로 넘길 때

생각만큼 커도 좋고 좀 작아도 좋을

따스운 석 점이

온갖 고된 맛을 다스리며

그렇게 거기 살고 있었다.

장마

줄기찬 비에 사람살이가 잠기고

둑이 터진다.

이곳저곳에서 도착하는 문자들이

한결같이 걱정을 향해 서 있다.

자기 걱정도 있고 남의 걱정도 있다.

그러고 보니

가난한 사람들에겐

걱정을 하면서 살아가는 일이 생활인 듯하고,

수심어린 얼굴이야말로

제법 괜찮은 인간의 모습인 것도 같다.

이런 이야기는

어디선가 여러 번 비슷하게 들어왔으련만

장마 앞에 서서야 내 것이 되고 있다.

걱정이야말로 가난한 자의 몫이 분명하겠다만,

이 사람아!

그대가 설령 가난 속에 있다 하더라도

제대로 가난하기란 쉬운 일이 아니라네.

제 걱정 중에 남의 걱정을 아무나 할 수 있겠나.

장마가 들려주고 간 귀엣말이었다.

방문

여덟 살 손녀에게 재난문자가 오고야 말았다

너무 날마다 오잖아

손가락 끝으로

제 앞에 다가온 재난을 한꺼번에 쓸어넘기며

고운 것이 얼굴을 찡그린다

4부

아침

연못에서 연못물이 자고 일어났습니다

연못에서 연꽃이 자고 일어나 피었습니다

연못에서 잠자리가 자고 일어나 세상을 두리번거립니다

푹 자고 일어나야만 아침인 모양입니다

모두 정신이 싱싱합니다

마음이라고 부를까?

고양이가 사는 친구 집에 갔더니

주인 곁을 서성이던 요놈이

내 운동화 발 위로

제 뒷발을 슬쩍 올려놓는다

지그시 누르고 있다

꼬리에 힘을 넣어

내 장딴지에 비스듬히 기대놓고서는

눈길은

내가 아닌 어느 머나먼 곳을 향하는

발 하나의 무게

며칠을 두고두고

내 발등 언저리를

떠나갈 생각이 없는 것 같다

풀 뽑기

무엇인가를 옆에 두느라고 또다른 무엇을 내치고 말았다. 겨우 마음을 만들어 고향의 마당에 돌아와 앉았는데 결국은 하는 짓이 이 모양이다. 이렇게 어린잎을 어찌할거나. 어찌지 못할 일을 따라서 무심한 생각은 끊어지다가 이어진다. 내 엉덩이 걸음 저만큼으로 뽑히기 전에 핀 풀꽃 한 송이가 나를 기다린다.

마을

커다란 나무 아래서 살아간다

여럿이 앉아서 심심하게 쉰다

저만큼으로 개울이 흐른다

귀퉁이를 맞춰가며

언덕 위 나무 아래로 집들이 모여 있다

개울 너머 논밭 몇 뙈기

오래전부터 펼쳐진다

큰 나무가 아니었다면 아무 재미도 없었겠구먼

저절로 이런 말 새어나온다

마을 어귀에 떨구어놓고 온다

어떤 나무

자그마한 키를

나지막하게 펼쳤네

강아지에 묶인 나무

더위를 잊은 채 잠든 어린것을 두고

열매를 익히는 일은 잠시 멈춰야 하려나

아이고야,

그늘 아래

강아지를 키워볼 맘을 먹어보는

마당 귀퉁이에 살고 있는

어느 감나무

다시 새싹

너를 바라보네

햇볕 아래
마알간 순이 피어올랐으니

몸을 비틀고 나온
봄날의 한줌 정서일세

무엇이 되어갈꼬

외로운 날
바람을 휘어 소리를 내던

맑고 서늘한
가을 풀을 생각하였네

화엄매

모두들 원해서였으리

하늘 쪽을 향하네

그래도 서너 가닥의 가지는 늘어뜨려

이쪽 세상을 잊지 못하네

절간 언덕에 기대어

붉은빛

가끔씩 멈췄다가 흐르네

사람들 자꾸만 사진을 누르네

늦여름에 쓰는 시

산비탈 원추리를 지나

상사화 그늘 아래

자귀꽃 낮은 지붕 머얼리 저멀리

여름 꽃만

더위 속에 남겨둔 채로

이른 철에 피어나던

함박꽃 산길을 추억하다가

여름 꽃이 어디 너희뿐이랴

능소화 넘어가는 담장을 따라

나도야 넘는다

잘 가거라 여름 꽃

엽서

마른 나뭇잎 날아오네

가볍게 적는다

별말도 아닌 것처럼

손바닥보다 작은 잎사귀에

잘 있느냐

웅크리고 적는다

자꾸만 줄어드는 엽서에

마음을 쓰며

우리 곧 만나자고 적는다

마지막 줄로 남게 된

끝 귀퉁이의 귀퉁이에

나는 지금 우울하지만

네가 견딜 수 없이 보고 싶어

끝내 견디지 못하고 적는다

이 가을

하던 일 마무리하는 밤나무 아래로 밤송이 떨어져내려 남은 껍질이 저희들끼리 모여 있습니다. 가시덤불 위로도 아아, 가을이 흘러가면 올해도 하얀 잎 한 잎 두 잎 내려앉을까요. 가시 위에 소복소복 그렇게 오래 쌓여 있을까요.

바람에 나뭇잎

저애들 물들어가는 것 있지

가을 어딘가를 한참이나 걸어들어가야만

마주치는 것들 있지

셀 수 없는 나뭇잎인 것 있지

온갖 빛깔로 휘돌다

사라지고 말 것 같은 것 있지

한꺼번에 몰려오는 것 있지

느티나무 아래라면 더 잘 어울리는 것 있지

이 정도는 되어야 한 세상인 것 있지

어떤 사랑도 어떤 침묵도

떠나려고 길을 나서야

가을바람인 것 있지

떨어지는 것 위에 얹혀도 서로 괜찮은

끝내 아름다운 것 있지

와르르 쏟아져서 영영 감당할 수 없는 것 있지

서그럭 서그럭 몸속을 돌아다니며

잊어야 할 일을

잊을 수 없게 하는 것 있지

그윽하군

슬그머니 가을이 또 왔다

잊지 않고 곁에 와주는 일은

누군가의 어디를 뜨뜻하게 해준다

잎을 물들게 하거나

떨어뜨리거나

서늘한 바람이 휘돌게 하는 일은

그윽하기조차 하다

떠나가는 등뒤로

저리 서늘하고 맑은 기운을 남길 수 있다니

살아가는 일 안팎으로 으뜸이다

올가을에는 그윽하다는 말을

몸에서 떼어놓지 않으련다

걸음을 막 배워가는 아이마냥

서툴게라도 밤늦게까지 중얼거리며

오고가야겠다

12월

날은 차갑고
하늘은 멀다
여기저기 빈자리가 늘어가는구나
어디에 마음을 붙여봐야 할 텐데
바람만 이리저리 오간다
모두가 떠나간 듬성듬성한 자리
다시 올 날은 그만 접어두고
지나간 날들을 불러서 그리워할까
여기가 제자리였다는 듯이
눈보라 그리고 또 눈보라,
몰려오고 싶어하는
한 해의 그만큼이다

어둑어둑한 날

굴참나무 껍질을 만지작거리며
생각하노니

도토리 한 알 떨어져 움이 트던
그런 날을 지나

몸을 키우고 가슴을 내밀던
울끈불끈한 날이 있었을 것이다

두꺼워진 껍질을 두른 채
숲이 되어가는 그런 날이 있었을 것이다

굴참나무 껍질을 만지작거리며
다시 생각하노니

그늘을 이루던 시절은 이제 그만두어라
모두 그만두어라

어느 산골의 지붕에 올라가 누워

빗물을 따라 흘러내리고 싶던

그런 날이 있었으리라

산속의 늙은 내외가 밝힌 불빛을

감싸안아보고 싶구나

제 스스로 어둑어둑 집이 되어가는,

하염없는 나날이 있었을 것이다

이런 때

눈이 오면 좋겠어

별것도 아닌 것 같은 생각이 드는

이런 때

보고 싶은 사람도 떠오르지 않고

가고 싶은 곳도 마땅치 않은

도무지 이런 때

마당이나 두어 바퀴 돌아보다가

머얼리 하늘로 눈을 돌리는 이런 때

눈이라도 내려와주면 좋겠어

한 잎 두 잎 그러다가

한밤중까지 끊어지지 않는

끝내 걷잡을 수 없이 쏟아지고 마는

떠날 수 없을 때까지

길을 가로막는

오늘

마루에 앉아 있는 나를 잃었다

마루가 그리울 수밖에

마루에 앉아 빗줄기를 바라보는

나를 잊었다

마루에 앉아 물끄러미 바라보고 싶은 것들이

쌓여만 간다

이 '말 맛집'에 와보실라요?

바람에 일렁이는 물의 빛 그림자,
어른거리는 삶의 기미

김진경(시인)

김영춘의 시를 읽으면 라디오도 귀했던 60년대 초 동네마다 긴 겨울밤 알게 모르게 밤에 모여 오프라인으로 연속방송극을 해대던 '말 맛집'이 떠오른다. 아낙네들은 아낙네들대로, 남정네들은 남정네들대로, 조금 머리가 굵은 엉아들은 엉아들대로 어느 집 안방이나 사랑방에 모여 밤이 늦는 줄 모르게 이야기들이 깊어갔다. 우리 어머니도 그 '말 맛집' 중 하나였는데 밖이 컴컴해질 때쯤이면 설거지까지 마친 아낙네들이 찐 고구마며 김치며 주전부리들을 들고 슬금슬금 모여들었다. 구전문학의 끄트머리라고 해야 할까, 요새 한창 인기를 끄는 유튜버의 선구자라고 해야 할까?

유구한 구전문학의 끄트머리인 건 맞는 듯싶은데 아무래도 칼바람 부는 이념에 미쳐 있거나 돈에 눈이 벌건 유튜버의 언어와는 말맛이 정반대로 다르니 유튜버의 선구자는 아닌 것 같다. 심심한 것 같으면서도 짭조름한 게 은근히 맛있어 밥을 당기게 하는 말린 서대구이처럼 짜고 신 사람살이를 얘기하는 것 같은데 은근히 살아보고 싶게 만드는 그 말맛을 이제는 참 만나보기 어려운 터라 그 말맛을 닮은 김영춘의 시를 무척 반갑게 읽었다.

김영춘은 착한 버전의 허장강처럼 생겼다. 혹시 이 글을 읽는 젊은이가 있을지도 모르겠다는 노파심에 설명을 덧붙이자면 허장강은 가뭄에 콩 나듯이 간혹 냇가 부지에 천막을 치고 들어오는 영화마다 늘 악당으로 등장하던 유명한 조연배우이다. 모기가 물어대는 팔다리를 벅벅 긁어대며 본 영화에서 맡아놓고 분노의 욕받이가 되었던 인물이니 적어도 우리 세대에겐 결코 잊을 수 없는 배우임에 틀림없다. 외국 배우로는 앤서니 퀸과 비슷하다고나 할까? 얼굴이 긴 말상에 참 능글맞고 허풍 센 악당의 인상인데 거기서 부정적인 걸 싹 빼고 좀 허여멀겋게 바꾸면 김영춘의 얼굴이다. 김영춘보다 더 허장강과 닮은 자는 이 시집에 '아봉'이란 별명으로 등장하는 이봉환 시인인데 김영춘의 얼굴에 아주 조금 검은색을 입히고 아주 조금 성깔 있게 바꾸면 이봉환 시인의 얼굴이다.

김영춘은 허장강처럼 허풍 센 인상이라기보다는 좀 말수 적은 새초롬한 인상에 가깝다. 그런데 그건 얼핏 볼 때 그런 거고 오래 부딪치다보면 그 새초롬함이 허장강의 능글맞음보다 단수가 훨씬 높다는 생각이 든다. 자기주장 같은 건 없는 물봉처럼 듣고만 있다가 응큼하게 이야기를 시작하는지도 모르게 슬금슬금 끼어들어 사람을 빠져들도록 하는 걸 보면 조금 일찍 태어났으면 가히 '말 맛집' 하나는 거뜬히 차렸을 법하다. 그의 시 말맛 또한 그러하다. 김영춘의 시 중에 제법 서사가 있어 60년대 초 겨울밤 같으면 '말 맛집'에서 하룻밤 썹을 거리는 되었을 법한 시를 살펴보자.

바람은 불고
바다는 일렁이고
세상의 지붕들 죄다 흔들렸으려나
밖으로 나올 수 없는 섬 학교 선생들
하루고 이틀이고
화투를 펼쳐 보았다는군
나중에는 그야말로 빠져들어서
방을 뎁히는 연탄 값보다
때를 놓쳐 피워대는 번개탄 값이 더 들었다는

우스갯소리도 있었는데

화투짝 사이사이로 눈길도 오고갔으리

옷깃이 스치고 말았으려나

처녀 총각 선생들

평생을 함께 살고 있다는 소식도 전해오더라

이 모든 것은 바다 때문이었는지

바람 때문이었는지는 알 수 없는 일

그때의 선생들 임기를 마치고 돌아와

육지 선생들과 한 판씩 어울릴 때

역시 위도 화투다!

탄식이 쏟아져나온다

섬 화투가 판을 주름잡는 날은

늘 방안이 후끈하였다

화툿장 사이로

물결이 일렁이고

번개탄의 덜 익은 연기가 피어올랐으니

바람은 불고

바다는 흔들리고

육지로 건너온 뒤에도 끗발 날리던

위도의 화투 몇 장은

오래오래

조화를 부리고 싶어한다는 소식이더라

아, 바다 한가운데서 솟아오른

갈 곳 없는 이놈의 외로움.

─「위도 화투」 전문

이 시는 무슨 이야기가 시작되는 건지 아닌 건지도 모르게 지나가는 인사말로 날씨 얘기하듯이 시작된다. "바람은 불고/ 바다는 일렁이고/ 세상의 지붕들 죄다 흔들렸으려나" 요렇게 아무시렁토 않게 딴청을 부려서 '저 인간이 지금 우리한테 인사를 하는 겨 이야기를 시작하려는 겨?' 하고 궁금하게 만든 뒤에 슬그머니 오갈 데 없는 위도 섬에서 선생들이 별수 없이 시간을 죽이려고 치던 화투 이야기를 꺼낸다. 치던 화투가 쳐대는 화투가 되어 연탄 가는 것도 잊어버려 늘 번개탄으로 연탄에 불을 붙이게 하고, 처대던 화투에 불이 붙어 처녀 총각 선생 눈이 맞아 부부가 되기도 하고, 마침내 육지로 상륙하여 위도 화투의 돌풍으로 화투판을 휩쓴다. 여기까지뿐이라면 이게 웬 그렇고 그런 사람들의 이야기여 할 건데 김영춘은 『사기열전』의 사마천이 파란만장한 오자서 이야기 끝에 '태사 왈' 하고 자기 생각 한 줄을 슬그머니 붙여놓듯이 '태사 왈'이나 '시인 왈' 하는 흔적도 없이 자기 생각 한 줄을 응큼하게 붙여놓는다. 근데 이 "아, 바다 한가운데서 솟아오른/ 갈 곳 없는 이놈의 외로움"이라는 한 구절이 그렇고 그런 사람들의 그렇고 그런 이야기를 갑작스레 무슨 거룩한 철학 이야기처럼 바꾸어놓는다. 맞어, 살아 있는 사람 가슴속 바다엔 살아 있으므로 어쩔 수 없이 솟아오르는 외로움의 바람이 있지. 그놈의 갈 데 없는 외로움의 바람이 화투에도 미치게 하고 이성에도 미치게 하고 온갖 것에 미치게 하는 겨. 갈데없는 위도 섬에서 그놈의 외로움이 쌓이고 쌓여 기압이 얼마나 무지막지한 헥토파스칼로 높아졌겠어? 그러니 위도 화투 바람이 육지로 상륙하여 돌풍을 일으킬 수밖에. 근데 그게 사람을 살아가게 하는 힘인데 어쩔 거여. 뭐 별거 있는감? 그냥 갈데없는 외로움을 묵묵히 견디며 막막한 세상을 바람처럼 살아가는 거지 뭐.

근데 이 시는 말하는 게 참 능청스러워서 겨울날 눈 쌓인 언덕에서 눈썰매를 탈 때처럼 이야기를 시작했나 싶은데 뭐가 재미있는지 따질 틈도 없이 슬그머니 끝나고 여운을 남긴다. 이 능청스러움은 어디에서 오는 걸까?

그것은 바람에서 온다. 이 시는 파도를 일으키고 지붕을 들썩이는 바닷바람이 슬그머니 위도 선생들의 산들산들 부는 화투바람으로 되기도 하고, 남녀 위도 선생 사이의 뜨거운 바람이 되기도 하고, 육지로 와서는 밍밍하게 살고 있던 육지 것들의 삶을 뜨겁게 달구는 무지 쎈 화투판의 돌풍이 되었다가 슬그머니 사람의 존재 바다에서 불쑥 솟아오르는 외로움이라는 바람이 된다. 이렇게 자연과 인간의 내면을 구분하지 않고 두루 불어가는 바람의 말맛을 어디선가 보았던 것 같지 않은가? 일찍이 김소월 시인이 그런 바람의 말맛을 느끼게 하는 대가였다. 「왕십리」의 추적추적 내리는 비 사이로 불어와 텅 빈 마음속을 휘

돌아나가는 습기 먹은 바람이며, 봄날 햇볕 따뜻한 산자락을 불어가며 아련히 가슴속을 스치는「산유화」의 바람, 그리고 또 김수영의「풀」에서 풀을 흔들며 마음속을 불어가 팽팽한 역설을 만들어내는 긴장감 가득한 바람.

그러나 이 바람 말맛의 원류는 우리말 자체와 유구한 구전문학에 있다. 우리말이 속한 우랄·알타이어는 유목민들의 언어다. 유목민들은 생사가 오가는 열악한 삶의 환경에서 바람을 통해 기후의 변화, 동물들의 이동 등 생사를 좌우하는 정보를 읽고 판단한다. 그러니 그 바람이 초원과 초원에 서 있는 사람의 내면을 가리지 않고 두루 불어갈 수밖에. 그리고 그러한 삶과 자연을 담아내는 언어는 조사와 어미변화가 발달하고 의성어, 의태어 등 부사어가 발달하여 안팎에 이는 바람의 느낌을 절묘하게 표현해낼 수 있는 언어일 수밖에. 김영춘은 라디오도 귀하던 60년대 구전문학의 끄트머리에 동네마다 알게 모르게 있었던 '말 맛집'의 후예인 듯싶다. '말 맛집'에 모이던 사람들은 우리의 자연과 여기의 삶에 깃들어 사는 평범한 사람들이었다. 바람의 말맛은 우리의 자연과 여기에 깃들어 사는 사람이 아니면 느

끌 수도 만들어낼 수도 없다. 예컨대 이명박의 '사대강 사업'처럼 높은 곳에서 조망하는 외부자의 시각으로 사람이 깃들어 사는 삶터를 돈으로 계산하고 함부로 선을 그어대는 자들은 절대 바람의 말맛을 느낄 수도 만들어낼 수도 없을 것이다.

근데 그래봤자 쥐콩알만 한 거지만 요즈음 제법 힘깨나 쓴다는 젊은 시들도 이명박의 사대강 사업처럼 높은 곳에서 조망하는 외부자의 시각으로 낮은 곳에서 노는 우리들로서는 도무지 알아먹을 수 없는 조감도를 그려댄다니 참 알다가도 모를 일이다. 유럽이고 미국이고 맬캉 망해가서 잘못하면 우리가 최첨단 모던이 되는 거 아니여 하는 판인데 뭐 망해가는 것들의 모던을 그렇게 신줏단지 모시듯 하는지. 망한 명나라 성리학을 신줏단지로 모시다가 나라 팔아먹은 조선 사대부처럼 되고 싶은 건지 원. 그러든 말든 나는 바람의 말맛이 좋다.

커다란 나무 아래서 살아간다
여럿이 앉아서 심심하게 쉰다
저만큼으로 개울이 흐른다

귀퉁이를 맞춰가며

언덕 위 나무 아래로 집들이 모여 있다

개울 너머 논밭 몇 뙈기

오래전부터 펼쳐진다

큰 나무가 아니었다면 아무 재미도 없었겠구먼

저절로 이런 말 새어나온다

마을 어귀에 떨구어놓고 온다

—「마을」 전문

　이 시에 나오는 마을은 아무래도 소설 쓰는 한상준이 섬진강 인근 산속에 지어놓은 '혼외정사' 올라가는 입구 마을인 것 같다. 참고로 말하자면 혼외정사는 '혼돈 밖의 맑은 모옥'이란 뜻인데 사람들은 자꾸 혼인하지 않은 남녀의 정사로 오해하는 경향이 있다. 이 시집의 시에도 나오듯이 한상준은 거기서 제 각시와 알콩달콩 텃밭도 가꾸고 판소리 창 배운다고 삑삑 소리도 질러대며 잘 살고 있으니 오해 없으시기 바란다.

하여튼 뭐 눈에는 뭐만 보인다고 김영춘에게 우선적으로 눈에 띄는 건 마을 가운데 오랜 세월 커다랗게 자란 나무이다. 마을 사람들은 이 나무 그늘에 쉬며 숨쉬듯이 심심한 '말 맛집'을 열었다 닫았다 한다. 그렇게 마을 사람들 가슴에서 솟아오르는 존재의 바람이 이 큰 나무를 중심으로 얽히고 풀어지니 이 마을의 풍경은 이 큰 나무를 중심으로 그려질 수밖에 없고, 지나가는 김영춘이 자기도 모르게 "큰 나무가 없었다면 아무 재미도 없었겠구먼" 한마디 떨구고 가게 한다. 참 두보의 「곡강(曲江)」을 무지무지 심심한 버전으로 바꾸어놓은 듯한 시이다. 이것이 이곳에 깃들어 사는 자가 보는 풍경이다. 그러한 풍경에는 늘 바람의 말맛이 따라다닌다.

그런데 시인이라는 '말 맛집'이 담아내는 바람의 말맛이 모두 같은 건 아니다. 김소월은 유목의 오랜 지층에 잠겨 있는 바람의 말맛을 마지막으로 가지고 있던 시인인 듯싶다. 그의 대부분의 시는 한반도의 농경생활에 적응한 온화한 바람을 담고 있지만 「초혼」에는 광대한 공간을 불어가는 거친 유목의 바람이 들어 있다. 유목의 신화를 모르면 깊이 이해하기 어려운 절창이다.

김수영의 「풀」에 담겨 있는 바람은 모순에 가득찬 도시 공간을 꿰뚫고 가는 강인한 역설의 바람이다.

김영춘의 시에 들어 있는 바람은 물을 살짝 일렁이게 하여 물의 빛 그림자를 어른거리게 하는, 그 어른거림을 통해 삶의 섬세한 기미를 느끼게 하는 바람이다.

누가 물결을 울린 것인가

밀어낸 것인가

머뭇머뭇 퍼져나간다

깊고 그윽한 곳까지 간다

무엇이 다가와서 네 마음을 만진 것인가

밀어 보낸 것인가

울먹이듯 떨리며 퍼져나간다

누구에겐가로 가서

사람의 무엇인가가 된다

—「파문」 전문

김영춘의 시가 담고 있는 바람은 팍팍한 도시와 디지털이니 AI니 하는 가짜 소통에 의해 꼭꼭 틀어막힌 삶 속에 무슨 첩자처럼 은밀히 잔존하는 바람 같다. 사람들이 다 떠나 비어가는 시골 마을의 한구석을 하릴없이 불어가고 있거나 그래도 여전히 남아 있는 존재의 바다에서 솟아오르는 외로움에 어쩔 줄 몰라 하는 덜떨어진 사람들의 가슴속을 있는 듯 없는 듯 불어가는 바람. 그런 바람은 있는 듯 없는 듯싶은데 무슨 스파이들의 은밀한 전언처럼 사람들에게 다가가 그 사람의 존재를 살짝 흔들며 무엇인가가 된다. 그런 바람은 곰곰이 음미하지 않으면 그것이 전하는 삶의 기미를 파악하기 어렵다. 그가 그려내는 「목이 긴 흰 새」의 자화상처럼.

개울에 발을 담근 채
제 생각에 빠져 있는 새
꿀꺽 홀로 삼키는 입을
보여주고 싶지 않았겠지

긴 목을 들어올려

멀리 하늘을 본다.

흐르는 선율 위에

흰 털을 곱게 빗어 입었으니

언제든

아무 일도 없었다는 듯이

훌쩍 떠나갈 수는 있겠다만

빛깔이 생겨나는 시간이 오면

가을인가봐

글썽이고 있을지도 모를 일이지.

개울 밑을 들여다보느라

목이 길어지다가 휘어지고 만

흰 새

담담한 노래마냥

긴 다리를 뻗어 어딘가로 날아가네.

잠시라도

생계는 부여잡았으나

퍼덕이는 물고기를 잡는 일은 없었다는 듯이

훨훨

—「목이 긴 흰 새」 전문

갑자기 웬 새 타령인가 싶다. 목이 짧고 뭉툭하게 생긴 청둥오리 같은 놈들은 학이나 황새같이 목이 긴 흰 새에 비하면 무척 억울하다. 청둥오리 같은 놈들은 제법 여유를 부리며 물위에 한가하게 떠 있어도 그 생김새 때문에 욕심 사납게 꿀꺽 물고기를 잡아먹느라 바쁜 놈들처럼만 보인다. 그런데 목이 긴 흰 새는 똑같이 물고기를 꿀꺽 잡아먹어도 그 생김새 때문에 먹는 욕심은 없이 하늘을 살피기도 하고 흰 깃털을 긴 부리로 가지런히 하며 뭔가 고상한 데 관심을 갖는 놈처럼 보인다. 설마 요런 새에 대한 잡설을 늘어놓으려 이 시를 쓴 건 아닐 터.

그리하여 곰곰이 되새기며 읽어보면 이 시는 작금의 자기 자신을 그려낸 김영춘의 자화상이라는 걸 알 수 있다. 바람의 말맛에 미쳐 사는 시인이라는 족속들은 남들과 똑같이 엄연히 대부분의 시간과 땀을 먹고사는 데 들여 목이 길어져 있으면서도 그건 중요한 일이 아니라고 여기며 쑥스러워하고 또 남들이 다 중요하게 생각하는 먹고사는 일을 쑥스러워함을 미안하게 여겨 긴 목으로 애먼 데를 살피며 딴청을 피운다. 김영춘은 그렇게 쑥스러워하며 미안해하며 '말 맛집'을 운영해왔다. 그나마 이제 나이가 들어 은퇴하였으니 퍼덕이는 물고기를 찾는 일도 끝났다. 그러면 그 사슬에서 벗어나 훨훨 날아가면 좋으련만 그게 또 그런 게 아니다. 시란 게 뭐 애먼 데 얘기를 하는 게 아니라 먹고사는 데 욕심을 내기도 하는 여기의 삶 속에 부는 바람의 말맛을 잡아내는 것이니 그저 계절이 바뀌어 드는 단풍에 눈물을 글썽이기도 하면서 긴 다리로 서 있을 수밖에 없다.

그리고 이제 늙어서 이 쑥스럽고 미안했던, 불어가는 바람에 몹시 아리기도 했던 세상을 저 목이 긴 흰 새처럼 훨훨 떠나 다른 세상으로 가는 걸 생각한다. 저 새처럼 훨훨 날아 떠날 수 있을까? 돌이켜보면 라디오도 귀했던 시절 이 땅의 동네들 여기저기에 펼쳐지는 구전문학의 '말 맛집'엔 여건이 안 되어 이름을 남길 수는 없었으나 도저히 그 말맛을 흉내내기도 어려운 모국어의 천재들이 많았던 것 같다. 생각해보면 우리의 모국어는 수만 년 그렇게 이름 없이 사라진 헤아릴 수 없는 모국어의 천재들에 의해 이루어진 것이다. 그러니 나의 말이 남건 안 남건 집착할 게 무엇이 있으랴? 모든 걸 바람에 맡기고 훨훨 날아가는 거지.

그렇다고 해서 김영춘의 시에 대한 얘기가 여기서 끝나는 건 아니다. 라디오도 귀했던 시절 겨울밤 동네마다 펼쳐지던 '말 맛집'엔 꼭 이야기를 들으러 오는 이만 있었던 건 아니다. 이야기 듣는 건 쪼끔에, 찐 고구마에 누룽지며 동치미 먹는 게 주인 작자들도 솔찬히 많았다. 특히 대가리도 웬만큼 컸는데 기어이 엄마 치맛자락 붙들고 따라오는 어린놈들이 그러하다. 실은 나도 그런 놈들의 하나였는데, 요놈들은 '19금'이 나오는 대목에서 쫓겨날 우려가 있기 때문에 자는 척을 한다. 그러다 주전부리하는 타이밍이 오면 눈을 반짝 뜨고 달려들어 고구마며 누룽지며 우걱우걱 씹어대고 동치미 국물을 소새끼처럼 쭈욱 쭉 마셔댄다. 바로 요렇게.

풀을 뜯으러 나갔던 소가 어스름에 돌아왔다

커다란 물동이의 물을 두어 번 만에 뽑아 마신다

쭈우욱 쭈우욱 쭉

목이 타는 숨소리가 마당을 울렸다

그 곁에 어린 시절이 서 있다

아, 그 하루종일 내내의 목마름을 타고

훅 끼얹어오던 후끈한 소의 몸 냄새.

나를 지나갔다

―「타는 소리」 전문

뭐 굳이 요런 얘기까지 하며 주장하는 바가 뭐냐고 묻는다면 '말 맛집'은 말의 맛집일 뿐만 아니라 먹는 것의 맛집이기도 하다는 거다. 그러니 소새끼처럼 목이 타는 소리며 후끈한 땀냄새 풍기는 우리 중 어린놈도 끼고 이제 입춘 지나고 있으니 부안 들판의 바람이 달고 쭈꾸미 알집이 통통하게 부풀 때 핑계 김에

한잔하자는 거지 뭐. 달디단 바람에 잘 취하지 않는 술을 마시다 푹 잠이 들면 이런 아침을 맞이할 수도 있지 않을까?

　　연못에서 연못물이 자고 일어났습니다

　　연못에서 연꽃이 자고 일어나 피었습니다

　　연못에서 잠자리가 자고 일어나 세상을 두리번거립니다

　　푹 자고 일어나야만 아침인 모양입니다

　　모두 정신이 싱싱합니다

—「아침」전문

　어이, 영춘이! 요렇게 부르니까 허장강 이름 부르는 말맛하고 비슷하기도 한데 어쨌든.

　영춘이, 거기 '말 맛집'엔 동치미도 맛있게 잘 익어가고 있는 감?

너는 왜 가끔 시가 되느냐

ⓒ김영춘 2026

초판 인쇄 2026년 4월 10일
초판 발행 2026년 4월 22일

지은이 김영춘
주간 김현정 편집 변규미 오예림
디자인 최혜린 이주영
마케팅 정민호 한민아 이민경 한경화 박진희 황승현 김경언 양지연
브랜딩 함유지 이송이 박민재 김하연 신은서 이준희
미디어콘텐츠 함근아 김은솔 박다솔
제작 강신은 김동욱 이순호

펴낸이 이병률
펴낸곳 달 출판사
출판등록 2009년 5월 26일 제406-2009-000034호
주소 10881 경기도 파주시 회동길 455-3
이메일 dal@munhak.com
SNS dalpublishers
전화번호 031-8071-8682(편집) 031-955-2690(마케팅)
팩스 031-8071-8672
ISBN 979-11-5816-211-5 (03810)

* 이 시집은 (재)전북특별자치도문화관광재단 '2026 문화예술육성지원사업'에 선정되어
  보조금을 지원받아 제작되었습니다.